Directora de la colección:
Mª José Gómez-Navarro

Equipo editorial:
Violante Krahe
Juan Nieto
Lupe Rodríguez

Dirección de arte:
Departamento de imagen y diseño

Diseño de la colección:
Manuel Estrada

*El 0,7% de la venta de este libro se destina
a la construcción de la escuela que la ONG
Solidaridad, Educación, Desarrollo (SED)
gestiona en San Julián (El Salvador).*

1ª edición, 3ª impresión, octubre 2003

© Del texto: Joan Manuel Gisbert
© De las ilustraciones: Chata Lucini
© De esta edición: Editorial Luis Vives, 2002
    Carretera de Madrid, km. 315,700
    50012 Zaragoza
    Teléfono: 913 344 883
    www.edelvives.es

ISBN: 84-263-4614-6
Depósito legal: Z. 2222-03

Talleres Gráficos Edelvives (50012 Zaragoza)
Certificados ISO 9002
Printed in Spain

FICHA PARA BIBLIOTECAS

EDELVIVES

A L A   D E L T A

El Palacio
de los Tres Ojos

Joan Manuel Gisbert

Ilustraciones
Chata Lucini

1

LEONARDO, EL LEÑADOR DEL HACHA INOFENSIVA

Leonardo era un caso único en el mundo. No había otro leñador como él.

Pasaba muchos apuros para vivir de su oficio porque era incapaz de hacer daño a un solo árbol con su hacha.

Salía cada mañana muy temprano de su choza. Estaba todo el día caminando por el bosque sin apenas pararse a descansar. Y cuando volvía al anochecer sus manos solían estar casi vacías.

Amaba mucho a los árboles. Le daban lástima y se compadecía de todos. Nunca se atrevía a cortarlos, ni aunque necesitase madera con urgencia.

Si eran jóvenes y tiernos, se decía:

«Ni pensar en acabar con ellos. Aún tienen que crecer mucho hacia el cielo y sacar docenas de ramas nuevas que serán como sus brazos».

Si era un árbol grande, frondoso y lleno de vigor, pensaba:

«¿Cómo voy a echarlo abajo ahora, cómo podría yo acabar con tanta vida? Ha necesitado muchos años para hacerse. Es una obra inmensa, una gloria del bosque. ¿Quién soy yo para terminar con él en unas horas?».

Y si el árbol estaba en sus últimos años, viejo y frágil, escaso de hojas, con las ramas y raíces retorcidas y nudosas, Leonardo se apiadaba aún más:

«¿Qué derecho tengo a poner fin a quien ha resistido sequías, vendavales, heladas, plagas, tormentas, inundaciones, enfermedades...? ¿Voy a ser yo peor que las causas naturales? Nunca. El tiempo de vida que aún le queda a este viejo árbol es sagrado. Es un ser intocable, un hijo del Tiempo, un gran señor del bosque».

Leonardo era el único leñador del mundo incapaz de abatir un árbol vivo.

Sólo hacía leña con ramas que encontraba caídas, o de algún árbol que se hubiese secado, o hubiera sido arrancado por el vendaval, o alcanzado por el rayo, o muerto a causa del fuego o de alguna plaga o enfermedad.

Por eso tenía que caminar mucho por el bosque todos los días. No le era fácil encontrar lo que buscaba. A menudo volvía a su choza con un haz de ramas y raíces que era casi lo mismo que regresar sin nada, como tantas veces le ocurría.

2

GENTE DE PASO EN EL BOSQUE

Cierto día, cuando Leonardo llevaba varias horas caminando sin haber encontrado ningún tronco muerto que cortar, vio a un fraile encapuchado en lo más espeso del bosque. Estaba de rodillas y removía la hojarasca con las manos.

—¡Dios mío, en qué apuro estoy! —se desesperaba el monje—. Se me ha caído el medallón de oro de santa Leocadia y no lo encuentro. Si no doy con él, será mejor que no vuelva al monasterio.

—Yo os ayudaré a buscarlo —se ofreció Leonardo, agachándose junto al religioso.

—Veo muy mal, esa es mi desgracia. Tengo que confiar más en mis manos que en mis ojos, que no me sirven de gran cosa.

Leonardo no tardó en descubrir un precioso medallón de oro que asomaba por entre las hojas secas.

«Podría meterlo en mi zurrón sin que este pobre fraile se diera cuenta», pensó el leñador. «Pero nunca me he quedado con nada que no fuese mío y tampoco voy a hacerlo ahora. Si me apoderase del medallón, él lo sabría. Aunque vea poco, lo sospecharía enseguida al notar algo raro en mi voz.»

Leonardo recogió el medallón y se lo entregó al otro.

El monje se lo acercó a los ojos y lo tocó con las yemas de los dedos.

—Sí, buen hombre, éste es. Os estoy muy agradecido —manifestó el religioso sin bajarse la capucha que ocultaba buena parte de su cara—. Ha sido una suerte que pasarais por aquí. Ahora puedo continuar en paz. No tengo tiempo que perder. Las horas son cortas y las distancias, largas. Que Dios os ampare.

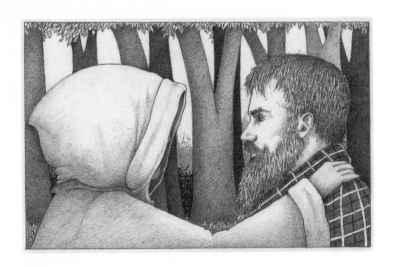

El fraile se alejó a paso vivo y Leonardo reemprendió su camino. Le hubiese gustado ver el rostro de aquel hombre, pero él no se había descubierto ni un momento.

A primera hora de la tarde Leonardo seguía con las manos casi vacías. Después de mucho andar, sólo había encontrado unas ramas arrancadas por el viento.

Estaba ya pensando en emprender el regreso, pues se había alejado mucho de su cabaña, cuando vio a un hombre viejo y encorvado, con una barba larga y descuidada, que apenas podía con el saco de bellotas que llevaba a cuestas.

—No voy a llegar a tiempo al cruce de caminos de los tres robles —se lamentó el anciano, respirando con dificultad—. Allí tengo que entregarle las bellotas a mi ahijado. Si llega y no me ve, no sabrá dónde buscarme y se preocupará.

Leonardo pensó que aquel ahijado no debía haber permitido que el viejo cargara con el enorme saco. Pero como no estaba allí y no podía decírselo, quiso ayudar al anciano.

—El lugar al que vais no me coge de camino, pero os acompañaré y llevaré yo el saco. Vos no tendréis más que caminar a mi lado. ¿Os veis con fuerzas?

El viejo asintió y dejó que Leonardo cargara con las bellotas. Mientras caminaban, el leñador observaba a su acompañante. Su barba le ocultaba gran parte del rostro. Quiso preguntarle cómo se llamaba y dónde vivía, pero lo dejó. El hombre parecía estar al límite de sus fuerzas. Si le hacía hablar, aún se cansaría más.

Cuando llegaron al cruce de los robles vieron que el ahijado no estaba allí.

—Qué raro —dijo el viejo—. ¿Le habrá ocurrido algo?

Leonardo dejó el pesado saco en tierra. Le dolían mucho los brazos y la espalda. Para tranquilizar al otro, dijo:

—Seguro que su ahijado ya no tarda.

—Aguardaré a que llegue —dijo el hombre, sentándose en una gran piedra—. Así me tomaré un descanso. Y vos, id en paz. Ya habéis perdido demasiado tiempo conmigo. Os estoy muy agradecido.

Leonardo se ofreció a hacerle compañía hasta que el ahijado apareciera, pero el anciano se negó:

—Dejadme. No me importa estar solo. Tengo mucha costumbre. Esperaré lo que haga falta.

Ante la firmeza del viejo, Leonardo no insistió. Se había desviado bastante de su camino. Y no le gustaba regresar a la cabaña después de que hubiera anochecido.

3

El caballero sin memoria

Ya había poca luz cuando Leonardo llegó a su choza.

Estaba en una zona alta y espesa del bosque, por la que pasaba, con un murmullo muy agradable, un pequeño torrente de aguas limpias y rápidas.

Al acercarse a la cabaña, Leonardo notó enseguida que alguien había entrado allí. La puerta estaba entreabierta. Él la había dejado cerrada con una cadena de hierro. Lo hacía siempre, para impedir el paso a los animales cuando él se iba.

Sólo unas manos humanas podían haber quitado la cadena.

Y el dueño de aquellas manos aún podía estar allí.

Leonardo nunca tenía miedo en la soledad del bosque, pero una sensación fría le pasó por la espalda. Acababa de oír unos ruidos. Venían del interior de la cabaña. Eran pisadas lentas, calculadas.

Esperó, sin moverse, a poca distancia de la choza.

Un caballero aún joven, vestido con cierta distinción, apareció en el umbral. Se le veía muy desconcertado. Miró al leñador como si se esforzara en reconocerlo. Pronto se dio por vencido. Lleno de confusión, explicó:

—No sé quién soy. He perdido la memoria. No puedo recordar cuál es mi nombre, ni dónde nací, ni de dónde vengo, ni qué me ha traído a estos bosques. Creo que nunca me había sucedido nada igual. Es espantoso.

Leonardo estaba tan sorprendido que no supo qué decir.

—He buscado en mis ropas —siguió explicando el caballero— para ver si llevaba encima algún documento, una carta, cualquier cosa que me ayudara a saber quién soy. Pero no tengo nada, ni siquiera un simple anillo con un escudo o unas letras grabadas.

Leonardo trató de imaginar la angustia que estaría viviendo aquel hombre y se apiadó de él. Nunca había visto a nadie tan desorientado.

—Os acogeré bajo mi techo hasta que os vuelva la memoria —le anunció Leonardo.

El desconocido lo miró con aire de sorpresa y expresión de gratitud y dijo:

—En mi situación es un consuelo encontrar una mano tendida. Aceptaré vuestra hospitalidad por una noche. Luego, Dios dirá. No os quiero molestar más de la cuenta.

—No será molestia. Y os podréis quedar cuanto queráis. Casi nunca pasa gente por aquí. Así tendré a alguien con quien conversar —explicó Leonardo, aunque no sabía de qué podría hablar con un hombre que no recordaba nada de su vida.

—Tengo hambre, estoy desfallecido, no sé cuánto tiempo hace que voy perdido por el bosque.

—Compartiremos los alimentos —aseguró enseguida Leonardo, sin acordarse de lo mucho que habían disminuido sus provisiones en aquellos días.

Entraron los dos en la cabaña y Leonardo acomodó al desmemoriado caballero ante la pequeña mesa que había dentro.

Le sirvió nueces, avellanas y un trozo de queso muy duro pero de exquisito y fuerte sabor.

El leñador se contentó con unas moras.

Al poco rato, el caballero se durmió con la cabeza apoyada en los brazos y la mesa.

Leonardo pensó que era muy extraño haber encontrado a tres personas distintas en una sola jornada. Era algo que no ocurría casi nunca. Lo normal era no ver a nadie en el bosque en muchos días.

A veces pasaban semanas enteras, y hasta meses, sin un solo encuentro.

Ninguna de las rutas y sendas que utilizaban jinetes y caminantes pasaba por aquellos bosques. Por eso eran tan solitarios.

4

EL ÁRBOL QUE ESTUVO TRES DÍAS Y TRES NOCHES LLORANDO SAVIA

Leonardo pensó en llevar al caballero a su pequeña cama para que descansara con más comodidad. Pero no lo hizo por temor a despertarlo.

«Quizá sólo estará dormido unos momentos», pensó. «A mí también me pasa a veces. Esperaré.»

Salió fuera. Ya estaba bastante oscuro. Algunos de los sonidos nocturnos del bosque empezaban a moverse por el aire. Leonardo los conocía todos. Podía distinguir hasta doscientos dos sonidos distintos, desde el rumor del vuelo de las libélulas hasta los murmullos de las aguas que bajaban dormidas, sin olvidar el sonido de las hojas de los árboles acariciadas por la brisa, y otros muchos que se oían hasta el amanecer.

Cuando estaba a unos pasos de la cabaña, Leonardo oyó algo que no esperaba.

Era un sonido que no estaba allí las otras noches.

Un débil relincho de caballo acababa de llegar a sus oídos. No venía de muy lejos.

Pero en el bosque no había caballos salvajes. Ni tampoco en las praderas cercanas. Y los unicornios hacía ya mucho que habían dejado de existir.

«El animal que acabo de oír ha de ser el caballo del hombre sin memoria», se dijo Leonardo. «No veo otra explicación.»

Se oyó un segundo relincho, más fuerte.

Leonardo fue hacia allí despacio, con gran concentración.

Había un caballo blanco atado a un árbol. Daba algunas muestras de impaciencia. Estaba ensillado y lucía arreos elegantes. A un costado llevaba una bolsa sujeta con correas.

El leñador murmuró palabras sosegadas para que el animal no se inquietara y buscó en la bolsa. Trataba de hallar algo que pudiese ayudar al caballero a recuperar la memoria.

Encontró varias prendas de vestir. Como había ya tan poca luz, Leonardo tardó en reconocerlas.

Pero ya había visto aquellas ropas antes. Hacía unas horas.

Allí estaba el hábito del monje que había perdido el medallón de santa Leocadia entre la hojarasca.

Y también el jubón y los raídos calzones que vestía el viejo del saco de bellotas. Incluso su descuidada barba estaba en la bolsa: era postiza.

Leonardo se quedó perplejo. Se encontraba ante algo inesperado. Luego, poco a poco, fue comprendiendo.

El caballero sin memoria era el mismo que, disfrazado de monje y de anciano, le había salido otras dos veces al paso aquel día.

«Dos veces me ha engañado», se dijo Leonardo. «Entonces, tampoco será verdad que ha perdido la memoria.»

Volvió a la cabaña con aquellas prendas colgadas del brazo.

El caballero seguía dormido. Leonardo colocó en un banco, bien a la vista, el hábito del monje y las ropas del falso anciano, y se sentó a esperar. La luz del candil iluminaba las prendas.

El hombre que decía haber perdido la memoria no tardó en despertar.

Vio a Leonardo y también aquellas ropas que parecían acusarlo. No se preocupó. Al contrario, habló como si se alegrase de que Leonardo las hubiera encontrado:

—Ya has descubierto parte de la verdad —dijo, levantándose despacio—. Mejor. Así me será más fácil explicar el resto.

El hombre ya no tenía aspecto de estar angustiado ni perdido. Ahora parecía más bien un importante personaje lleno de sabiduría y dueño de toda su memoria.

—Había oído hablar de ti —explicó—: el único leñador del mundo que se compadece de los árboles y respeta su vida. No pensaba que pudiera existir alguien así. Quería conocerte y averiguar las causas de tu manera de ser.

A pesar de lo mucho que lo sorprendía todo aquello, Leonardo dijo:

—Una vez, cuando tenía catorce años, corté un árbol vivo. Estuvo tres días y tres noches llorando savia. No lo he podido olvidar. Un árbol es un ser indefenso ante una persona con un hacha. No he vuelto a cortar ningún otro que aún tuviera vida. Pero sigo siendo leñador porque nunca me decidí a cambiar de oficio y, a mis años, ya es tarde para aprender otro, señor.

El caballero dijo:

—He querido saber cómo eras de verdad. Tres veces me he presentado hoy ante ti y las tres me has prestado generosa ayuda. No todos hubiesen hecho lo mismo. No sólo eres bondadoso con los árboles. Como era de esperar, lo eres también con las personas. Conocer a alguien como tú levanta el ánimo.

Abrumado por aquellos elogios, Leonardo preguntó tímidamente:

—¿Quién sois vos, señor? ¿Cuál es vuestro nombre?

—Mi nombre y mi origen poco importan. Recuérdame como el Buscador de la Bondad.

Es mi título más noble. Y ahora, antes de irme, quiero darte una prueba de mi agradecimiento y de mi admiración.

El misterioso caballero buscó en el interior de sus vestiduras. Su mano reapareció con algo muy pequeño en la palma. Se lo ofreció a Leonardo diciendo:

—Toma esta semilla. Aquí dentro hay un árbol del que nunca oíste hablar. Cuando crezca te sorprenderá. En poco tiempo germinará y una flor que nunca viste lucirá en la noche. Entonces, tu vida cambiará.

Leonardo cogió la semilla que el otro le ofrecía y se quedó mirándola. Parecía un corazón de pájaro.

—Ten muy en cuenta lo que ahora voy a decirte —añadió el caballero—: antes de plantarla en la tierra, deberás dormir doce noches con ella. Tenla muy cerca de ti mientras duermes y sueñas. Así adquirirá toda su fuerza.

Leonardo siguió mirando la extraña semilla. Estaba muy sorprendido y confuso. No sabía qué decir.

—Ahora debo irme —manifestó el caballero—. Es mucho lo que aún me queda por hacer. Me despido de ti, pero quizá no para siempre. Presiento que volveremos a vernos en algún otro sitio.

—Será difícil, señor. Yo nunca me alejo de estos bosques.

—Tus bosques son mucho más grandes de lo que crees —dijo misteriosamente el caballero.

Leonardo no comprendió aquellas últimas palabras, y se quedó pensando cuál podía ser su significado.

No se dio cuenta de que el caballero salía de la cabaña sin hacer ruido y se alejaba caminando. Hasta pasados unos momentos no notó que ya no estaba allí.

Leonardo salió de la choza y miró por los alrededores. El caballo blanco también había desaparecido.

A pesar de todo, Leonardo hizo una pregunta en voz alta, como si el caballero aún pudiera oírle:

—Señor, ¿cómo puede ser que una flor, por muy especial que sea, cambie mi vida? No soy capaz de entenderlo.

Nadie le respondió.

El caballero ya se había perdido de vista entre los árboles montado en su caballo blanco.

Leonardo se quedó pensativo. Aún llevaba consigo la semilla que el visitante había puesto en su mano. Le parecía sentirla latir como si fuese un corazón de pájaro.

5

Una semilla muy extraña

A pesar de lo mucho que lo habían sorprendido las palabras del caballero, Leonardo le hizo caso. Aquella misma noche empezó a dormir con la semilla que tenía escondida dentro de un árbol del que nunca había oído hablar.

Para que no se le perdiera, la sujetó a su mano izquierda con una tira de tela.

Con la mano cerrada y la semilla dentro, se durmió.

Pronto descubrió Leonardo una de las propiedades especiales de la semilla: le hacía soñar con bosques fabulosos, inmensos, llenos de árboles enormes que nunca había visto.

Caminaba por ellos horas y horas sin cansarse. Al despertar recordaba todas sus sensaciones a lo largo del sueño y cada uno de los prodigiosos árboles que habían aparecido en él.

Después de la tercera noche, vio que la semilla había aumentado de tamaño.

«Ya es tres veces más grande», se asombró mirándola. «Y eso antes de sembrarla. ¿Qué ocurrirá cuando la plante?»

Tuvo que utilizar una tira de tela más ancha para sujetársela a la mano.

En las noches siguientes, Leonardo continuó recorriendo maravillosos bosques en sueños. Era una delicia estar en ellos.

Pero, al despertar, las preocupaciones volvían. Había recogido muy poca madera aquellas últimas semanas. Menos aún que de costumbre. Cuando acudieran los pocos compradores que confiaban en la leña de

Leonardo tendrían que volverse casi de vacío. Y no les quedaría más remedio que recurrir a sus competidores.

Porque había otros tres leñadores en la comarca que podían venderles abundante leña, así como madera para muebles, puertas y ventanas. Siempre tenían género disponible porque no dudaban en cortar cuantos árboles hiciera falta. No sentían por ellos compasión ni piedad.

Leonardo se temía lo peor:

«Si esto sigue así, me convertiré en un vagabundo de los bosques. Y después, cuando sea muy viejo, en un mendigo en alguna ciudad, suplicando limosna o restos de comida, y todos me despreciarán».

Pero ni siquiera cuando le venían aquellas ideas pensaba en echar abajo ni un solo árbol vivo:

«Eso nunca», se decía. «Los árboles son seres fabulosos, grandes personajes de este mundo. Sin ellos la Tierra sería una tristeza. Ninguno volverá a derramar lágrimas de savia o de resina por culpa de mi hacha.»

Leonardo esperaba con ilusión la hora de acostarse. Al dormir, volvía a tener sueños de bosques gracias a la semilla que crecía cada noche en la palma de su mano.

Y también los bosques con los que soñaba eran cada vez más extensos, y sus árboles más grandes.

6

REUNIÓN SECRETA

Como se ha dicho, Leonardo no era el único leñador de la comarca.

Estaban los otros tres. Eran hombres ruines y egoístas. Se disputaban los árboles de madera más valiosa.

En aquellos días celebraron una reunión secreta. El lugar elegido para el encuentro fue la hondonada de las brujas.

Allí había una fuente, ya casi seca, cuyas aguas habían sido venenosas en otros tiempos.

El primero en llegar fue Focio. Era un hombre flaco, amargado y picajoso. Siempre estaba de mal humor. Nunca había tenido amigos.

Al ver que los otros dos no estaban allí, refunfuñó enojado:

—¿Es que esos estúpidos creen que no tengo otra cosa que hacer que pudrirme aquí esperando a que aparezcan?

Pero Focio no tuvo que aguardar mucho. Al poco apareció Caterio, tosco y forzudo, con su habitual aire mezquino y avaricioso.

Estaban aún Focio y Caterio intercambiando saludos y groseras risotadas cuando se presentó Zenón, el que faltaba. Traía su aire triste de siempre, pero era una persona malintencionada y poco de fiar.

Aquellos tres hombretones se la tenían jurada a Leonardo porque no les dejaba cortar los árboles que él protegía.

Focio, Caterio y Zenón empezaron a vomitar sus quejas y su rencor:

—Los mejores árboles que quedan en pie están en la parte de ese idiota de Leonardo —dijo Focio entre dientes, juntando sus cejas—. Algo habrá que hacer. Ya le hemos consentido demasiadas tonterías.

—El muy desgraciado ni los corta ni nos los deja cortar —dijo Caterio con resentimiento—. Es desesperante.

—Esa madera la tendríamos ya vendida y bien vendida —aseguró Zenón—. Pero el maldito Leonardo se comporta como si todos esos árboles fuesen suyos.

—Pues tendremos que demostrarle que no lo son —dijo Focio.

—Sólo con palabras, como las otras veces, no conseguiremos nada —avisó Caterio.

—Claro que no —coincidió Zenón—. Leonardo parece manso, pero una vez me pilló cerca de su choza midiendo un roble que yo pensaba cortar y se puso hecho una furia. Hasta me amenazó con el hacha. Parecía que se hubiese vuelto loco.

—No permitiremos que vuelva a amenazarnos —dijo Focio—. Vamos a hacer las cosas bien de una vez por todas.

—¿Qué has pensado? —le preguntaron Caterio y Zenón. Odiaban a Focio, pero sabían que era el único capaz de tener alguna idea.

—Volveremos por luna llena —explicó Focio—, y antes de que Leonardo pueda reaccionar, lo cogeremos entre los tres y lo ataremos a un árbol.

—Bien pensado —aprobó Caterio, alegrándose—. Atado a uno de esos árboles que tanto quiere es como mejor estará.

—Eso es, juntos para siempre —dijo Zenón de modo siniestro.

Focio continuó:

—Y así verá cómo vamos marcando los árboles y luego los cortamos, y no podrá hacer nada por evitarlo.

—Bien dicho —aprobó Caterio—. Nos repartiremos los mejores. Cada cual escogerá y marcará los suyos.

—Mi marca será esta vez una serpiente enroscada —anunció Zenón.

—Y la mía, un relámpago acabado en punta de flecha —dijo Caterio.

—Y yo utilizaré mi inicial —añadió Focio con autoridad—: la *F*.

Los tres leñadores unieron sus callosas manos para sellar la alianza.

Cogidos de aquel modo, parecían tres de las brujas que se reunían en aquel lugar en otros tiempos para tramar sus fechorías.

7

UNA SORPRESA PRODIGIOSA

Leonardo seguía durmiendo con la singular semilla unida a su mano. No sospechaba que Focio, Caterio y Zenón se habían puesto de acuerdo para acabar con los árboles que él amaba y protegía.

En la séptima de aquellas noches ocurrió algo prodigioso. La semilla, que había seguido creciendo, germinó mientras Leonardo dormía.

El bondadoso leñador estaba soñando que caminaba por un inmenso bosque surgido a la luz de la luna.

La semilla en forma de corazón de pájaro era ya tan grande como un puño. No le cabía en la mano. De ella brotó aquella noche un tallo verde, tierno y resistente.

No mucho después, en el extremo del tallo se abrió una flor amarilla con siete pétalos sedosos y fragantes que brillaban un poco en la oscuridad.

Su suave perfume, sutil como un suspiro, despertó a Leonardo.

Abrió los ojos de pronto. Creyó que un gran ojo amarillo lo miraba en la noche. Tuvo una sensación extraña y también un poco de miedo. Se sentó en la cama.

Con la mano derecha tocó la semilla que estaba sujeta a su mano izquierda. Notó que había germinado. La desató. Encendió enseguida un candil de aceite para ver.

La flor nocturna apareció ante él como una tenue luciérnaga con siete pétalos amarillos.

«Ha crecido, germinado y dado flor en un tiempo asombroso», se maravilló Leonardo. «Y sin estar en la tierra ni en el agua, sólo del aire y el contacto conmigo. Ha brotado de

mí, de mi calor y de mi aliento. ¿Me está pidiendo que la lleve ya a la tierra?»

Pero no había olvidado las instrucciones del misterioso caballero: «Antes de plantarla en la tierra, deberás dormir doce noches con ella, tenerla muy cerca de ti mientras duermes y sueñas. Así adquirirá toda su fuerza».

Leonardo no sabía qué hacer.

Pensando y pensando ya no pudo volver a dormirse.

Al amanecer, la flor se abrió un poco más.

«¿Se ha visto alguna vez algo parecido?», se preguntaba el leñador. «Una flor nacida del calor de una persona. Una semilla que germina envuelta en sueños. Y todo esto lo estoy viviendo yo. Pensarlo casi me da miedo.»

8

En nombre del rey

Aquella mañana, cuando Leonardo se disponía a iniciar su jornada por los bosques, vio que se acercaba un hombre a caballo.

Aún estaba lejos. No lo distinguía bien. Pensó que era el caballero que le había regalado la fabulosa semilla.

«¡Qué a punto vuelve!», pensó Leonardo yendo a su encuentro. «Le podré preguntar si debo plantar la semilla aunque no hayan pasado doce noches.»

La pregunta no salió de su garganta.

Quien se acercaba no era el caballero que se había llamado a sí mismo el Buscador de la Bondad, sino un hombre armado, malcarado y áspero. Se presentó rudamente mostrando un documento con varios sellos que Leonardo apenas vio, aunque le dio lo mismo porque no había aprendido a leer, como tantos otros de los que vivían en aquellas tierras.

—Leñador o lo que seas, soy recaudador de tributos del rey Adriano I, nuestro señor. Debes pagar los derechos reales. Los árboles que cortas son del rey. Tienes que darle una parte de tu beneficio, como hacen todos los súbditos. A ver, ¿cuánto hace que pagaste por última vez?

Leonardo no sabía mentir ni usar astucias. Respondió francamente:

—Nunca pagué nada, señor, ni nadie me pidió que lo hiciera.

Y se quedó tranquilo, convencido de que con aquella respuesta bastaría.

—¿Nunca, dices? —repitió el otro enfureciéndose—. Entonces, tu deuda es mucho mayor de lo que pensaba.

—No entiendo por qué, señor —dijo Leonardo, que empezaba a preocuparse—. Lo que corto son árboles muertos o ramas quebradas por el vendaval y ya sin salvación. El rey no pierde nada por ello, ni los bosques.

—¡Al rey se le debe tributo siempre! —afirmó tajante el otro—. Eso no admite discusión. No busques excusas porque no te servirán de nada. Por todos los años que te has pasado sin contribuir tendrás que pagar ahora diez monedas de oro. Te conviene hacerlo enseguida y sin protestar si quieres escapar a un severo castigo.

—¿Diez monedas de oro? —se escandalizó Leonardo—. Nunca las he visto juntas, señor. No tengo ni una sola.

El recaudador desmontó y dijo con dureza:

—Vosotros, los de los bosques, sois embusteros y avariciosos. Os conozco bien. Estoy seguro de que tienes escondidas ahí dentro algunas monedas de oro y otras cosas de valor. Yo las encontraré.

El recaudador apartó a Leonardo con un violento empujón y entró en la cabaña con la mano apoyada en la empuñadura de la espada.

Revolvió por todas partes, registró los rincones, hurgó en cajas y vasijas. Pronto acabó, sin encontrar nada de lo que buscaba.

Vio la semilla florecida, pero no le dio ninguna importancia. Ni siquiera la tocó.

—¡Aquí sólo hay herramientas, cacharros y cosas viejas! —protestó, furioso, el recaudador y le preguntó a Leonardo, que estaba en la puerta de la choza sin atreverse a entrar—: ¿Dónde demonios guardas tus cosas de valor?

—Vivo en la pobreza. Nada tengo, señor.

—¿Sabes cuál es el destino de los que no cumplen con el rey? Yo te lo diré: ¡la mazmorra y las cadenas!

Leonardo se estaba asustando cada vez más. Aquel hombre parecía muy capaz de cumplir sus amenazas. Y muchos de los que entraban en las cárceles ya nunca volvían a salir de ellas.

—Estás de suerte —anunció de pronto el recaudador, cambiando un poco de actitud—. No puedo perder más tiempo contigo. Tengo que ver a otros que también están en deuda. Te daré tres días. Tiempo más que suficiente para que desentierres tus cosas de valor allá donde las tengas. Cuando vuelva, tomaré de ellas lo debido.

—Pero, señor... —Leonardo intentaba explicar de nuevo que nada tenía, pero el otro no quiso escucharle.

—¡Cállate! Con cada palabra que añadas empeorarás tu situación. Ya lo has oído; volveré dentro de tres días, ni uno más. Y si no tienes con qué pagar, pagarás con sangre —dijo el recaudador dando unas siniestras palmadas en la empuñadura de su espada—. Las mazmorras están ya muy llenas, pero tu deuda no quedará sin saldar.

El recaudador montó en su caballo y se alejó deprisa por entre los árboles. Había otros infelices a los que también quería amenazar para arrancarles el tributo.

9

UNA NOCHE SIN SUEÑOS
DE BOSQUES

Leonardo empezó su jornada como de costumbre, pero no podía quitarse del pensamiento las amenazas del recaudador.

Aquel día, sus ojos verdes no buscaron ramas rotas o árboles secos. Sólo imaginaban lo que ocurriría cuando aquel hombre regresara.

Volvió a su cabaña al atardecer con las manos vacías, como tantas veces. Pero su cabeza estaba llena de temores como no lo había estado nunca.

Le fue imposible dormirse. No pudo soñar con bosques prodigiosos.

Estuvo toda la noche sentado en la cama sin pegar ojo. Quería encontrar una solución a su problema. No la veía por ninguna parte.

Junto a él, la semilla seguía creciendo.

Una segunda flor de pétalos luminosos y amarillos se abrió antes del alba. Fue como un pequeño amanecer anticipado. Al verla, Leonardo tuvo una idea.

La semilla florecida podía ser su salvación. Quizá era su única esperanza.

En cuanto amaneció se puso en camino. Llevaba consigo, protegida con unas telas, la preciosa semilla.

Aquel era el primer jueves de mayo. Leonardo llevaba la cuenta de los días. Por eso sabía que había mercado en el valle, como todos los primeros jueves de cada mes.

Iban a ser casi cuatro horas andando hasta llegar allí, y para volver otro tanto, pero no tenía más remedio que ir. Mientras caminaba iba pensando:

«Sólo podré conseguir unas monedas para el recaudador si vendo la semilla en el mercado. Las dos flores amarillas son preciosas y únicas. Alguien habrá que esté dispuesto a comprarlas».

Le dolía mucho desprenderse de una semilla tan extraña y maravillosa. Y tenía remordimientos cuando pensaba en el caballero que se la había regalado. Para tranquilizarse se dijo:

«Si él supiera en qué apuro me encuentro, comprendería lo que voy a hacer y no pensaría que soy un desagradecido. Vender su regalo me puede salvar la vida».

Leonardo avanzaba bosque abajo con pies ligeros. Esperaba llegar al mercado antes de mediodía, en el momento de mayor animación.

«Allí estará el comprador que necesito», pensaba en sus ratos de optimismo. «Alguien a quien haré feliz vendiéndole la semilla de las luminosas flores amarillas.»

10

NO SE LO COMERÍAN
NI LOS CERDOS

Leonardo llegó al mercado del valle con el sol ya en lo alto.

Había bastante bullicio. Todos los puestos tenían gente. Allí se vendían y compraban muy diversas cosas: animales vivos pequeños y grandes, yugos, arados, cencerros, tijeras de esquilar, ejes de carreta, ruedas, hoces, arreos, forrajes, semillas de temporada y toda clase de herramientas y aperos de labranza.

Leonardo cogió una tabla de madera y unas cajas abandonadas y montó un humilde tenderete en una esquina discreta.

Para que el sol no dañara las flores nocturnas, clavó cuatro palitroques en el suelo y les puso como toldo un trozo de tela perdida que encontró entre unos matorrales. Bajo aquella sombra las flores no perderían su frescor ni su suave aroma.

No tardaron en acercarse algunos mirones atraídos por la curiosidad.

Pero no estuvieron mucho tiempo ante el pobre puesto de Leonardo. Nunca habían visto una semilla florecida como aquella. No sabían qué era ni para qué servía. Enseguida perdieron interés.

Luego se aproximaron tres de los feriantes más antiguos.

Miraban a Leonardo con desagrado. No les gustaba verlo allí. Lo consideraban un intruso.

Se metieron con él para herirlo en su orgullo y quitarle las ganas de volver.

—Nunca te habíamos visto por aquí —le dijo en tono acusador un hombre gordo que vendía cuchillos para sacrificar animales—. ¿De dónde vienes, si se puede saber?

—Eso, ¿de qué agujero has salido? —pre-

guntó otro que les vendía trampas de hierro a los cazadores.

—No hay más que verte —añadió despectivamente el tercero, que comerciaba con todo, hasta con cosas robadas—. Con esta facha no puedes venir de ningún lugar que merezca la pena.

Leonardo aguantó sin decir nada. Querían provocarlo, pero él no iba a caer en la trampa. Había acudido al mercado del valle por necesidad.

Al ver que no respondía, los otros continuaron burlándose.

—¿Habéis visto qué florecillas tan ridículas? —dijo el que vendía cuchillos de matarife.

—¿Qué es esto? —preguntó el de las trampas—. ¿Un nabo que ha echado flor por equivocación?

Los otros se rieron sonoramente para celebrar la ocurrencia.

—No es un nabo —dijo el que vendía de todo—. Tiene forma de corazón.

—¿De corazón, dices? —terció el gordo—. Será más bien de culo.

Los tres estallaron en ruidosas y vulgares risotadas.

—¿Y esperas que alguien te compre esto? —volvió a la carga el que vendía mercancías de origen sospechoso.

—No se lo comerían ni los cerdos —apuntilló el de las trampas.

—Claro que no —se mostró de acuerdo el gordo—. Mejor será que te vayas de aquí con esta porquería ridícula y no vuelvas más.

Leonardo se tragó su indignación y su tristeza y aguantó en silencio. Necesitaba que alguien le diera unas monedas por la misteriosa semilla florecida.

Los tres energúmenos le dejaron en paz porque tenían que atender sus propios puestos. Se fueron lanzándole nuevas frases despectivas.

Aunque estaba muy desmoralizado, Leonardo se mantuvo firme en su lugar.

Aguantó unas horas más.

Benditas horas: eran las que necesitaba.

11

Mi señor adora las especies extrañas

Por la tarde llegó al mercado un carruaje tirado por cuatro caballos. No llevaba ningún pasajero. Hacía de cochero un hombre jorobado que vestía con distinción. El interior del vehículo estaba tapizado de manera suntuosa.

El vocerío del mercado disminuyó, las conversaciones cesaron y cuando el jorobado puso pie en tierra se hizo un silencio respetuoso. Todos estaban pendientes de aquel hombre.

El recién llegado empezó a recorrer el mercado. A pesar del bulto de su espalda, tenía un aspecto noble y se movía con elegancia. Llevaba un pañuelo amarillo en la mano derecha.

Leonardo no sabía por qué, pero notó enseguida que aquel hombre era un personaje que infundía respeto a todo el mundo. Iba mirando aquí y allá, con ojos muy atentos, pero sin detenerse en ninguno de los puestos ni hablar con nadie.

Al final de su recorrido llegó al humilde tenderete de Leonardo. Vio la semilla florecida y preguntó:

—¿Cuál es el nombre de esta raíz que da tan singulares flores amarillas?

—No lo sé, señor —respondió sinceramente Leonardo.

—¿Ha estado algún tiempo en la tierra o en contacto con el agua?

—No, señor.

—Entonces, ¿cómo ha podido germinar?

—No sé explicarlo, señor. Ocurrió mientras dormía.

El cochero jorobado se quedó pensativo unos momentos y dijo:

—Creo que a mi señor le gustaría poseer

una semilla tan singular. Adora las especies extrañas. Pero él no está aquí. Tendrás que venir conmigo si quieres enseñársela.

Leonardo pensó que se le abría el mundo. Si un noble y rico señor se encaprichaba con la semilla, quizá le pagase lo suficiente para contentar al recaudador de tributos, y hasta podría sobrarle algo para ir tirando.

—¿Qué decides? ¿Estás dispuesto a acompañarme?

Leonardo no lo pensó más. Era una oportunidad que no podía dejar escapar.

A continuación, los tres hombres que se habían burlado de él y el resto de feriantes vieron mudos de asombro cómo Leonardo se iba con el cochero y montaba en el carruaje como si en vez de un simple leñador fuera un gran personaje.

No se atrevieron a decir nada, pero sus miradas sorprendidas hablaban por sí solas. Casi no podían creer lo que veían.

El vehículo se puso enseguida en marcha. Leonardo no se encontraba nada cómodo en el asiento almohadillado del interior. Tenía la semilla entre las manos.

Pasado un rato, le entraron dudas. Asomó la cabeza por una de las ventanillas y le preguntó al jorobado:

—¿Adónde nos dirigimos, señor?

El hombre respondió con la mayor naturalidad:

—Al Palacio de los Tres Ojos.

Leonardo quedó impresionado. Se decían muchas cosas de aquel edificio. Aunque al bosque no llegaban apenas noticias, algo había oído. El palacio llevaba cerrado treinta años por lo menos, sin que nadie lo habitara. Tenía fama de lugar siniestro.

Decían que había tres grandes ojos pintados en la puerta de entrada. Uno era verde, el otro, gris y el tercero, del color de la miel. Nadie sabía qué significaban. Y si alguien lo sabía, se lo callaba.

Otros aseguraban que alguien vivía dentro, pero nadie había visto a esa persona. A muchos les daba miedo hasta oír hablar de ello.

Leonardo se preguntó:

«¿Cómo podré venderle la semilla a alguien que nadie ha visto en tanto tiempo?».

El carruaje entró en un camino ancho y llano. El cochero llevaba los caballos a un trote bastante rápido.

Leonardo volvió a asomar la cabeza. Necesitaba hacerle más preguntas al cochero. Quería sentarse a su lado en el pescante para hablar con él. Se lo propuso. Le pidió que parara.

Pero el otro no oyó su voz o hizo ver que no la oía, y siguió conduciendo el carruaje a buena marcha.

A Leonardo, que nunca había viajado en un vehículo como aquel, tanta velocidad lo mareaba.

12

EL VALLE DEL SILENCIO

El Palacio de los Tres Ojos, al que llamaban también Palacio Dormido, estaba rodeado por unas montañas que formaban un valle casi cerrado, conocido como valle del Silencio.

Los carruajes sólo podían entrar allí a través de un desfiladero que se abría entre altas paredes de roca. Era tan estrecho que impresionaba.

Cuando el vehículo que conducía el hombre jorobado llegó al valle del Silencio hacía ya bastante que el sol había desaparecido por encima de las montañas.

El misterioso cochero detuvo el carruaje ante la enorme puerta de entrada del palacio.

Leonardo puso pie en tierra enseguida. Se había pasado todo el viaje deseando hacerlo. Llevaba entre las manos, como un tesoro, la semilla germinada.

El cochero se le acercó y dijo:

—Mi nombre es Jacobo. Durante años he cuidado este lugar por orden de mi señor. Sus puertas han estado mucho tiempo cerradas, pero hoy van a abrirse.

Leonardo quiso saber cómo era el edificio, pero había ya tan poca luz que sólo vio una enorme mole oscura en la que no se apreciaban formas ni detalles.

Los tres grandes ojos que daban nombre al palacio brillaban suavemente en la oscuridad, sobre la puerta. Parecía que conservaran una pequeña parte de la luz del día.

Leonardo estaba muy impresionado y sorprendido. Preguntó:

—¿Por qué después de tantos años van a abrirse ahora las puertas de este palacio?

—Entre otras razones, porque usted está

aquí —dijo Jacobo, como si fuese algo que no necesitara de más explicaciones.

Leonardo se quedó más extrañado aún. No podía creer que su llegada tuviese tanta importancia.

—Acompáñeme —le pidió Jacobo, sacando un manojo de llaves que llevaba en un bolsillo interior.

Los tres ojos pintados parecían estar mirándolo todo con misteriosa atención.

En la enorme puerta de entrada había siete cerrojos. Jacobo tenía las siete llaves que los abrían. Mientras lo iba haciendo, explicó:

—He procurado mantener los dormitorios, salones y dependencias en buen estado. No ha sido fácil. El edificio tiene más de cuatrocientas habitaciones.

Una vez liberado el mecanismo del séptimo cerrojo, la puerta quedó abierta.

Dentro estaba más oscuro que en la noche más cerrada en los bosques.

Leonardo pensó que allí vivía el silencio y que ellos, al entrar, molestaban su descanso.

Jacobo encendió las ocho velas de un candelabro que estaba sobre un mueble del vestíbulo. El jorobado ya no parecía un cochero. Ahora tenía el aire de un maestro de ceremonias recibiendo a un invitado.

Impresionado como nunca lo había estado en su vida, Leonardo siguió a Jacobo por largos pasillos y corredores.

A derecha e izquierda, al llegarles la luz del candelabro, aparecían estatuas, puertas cerradas, cuadros misteriosos, tapices y cortinajes.

Cuando seguían adelante, todo desaparecía en la oscuridad a sus espaldas.

Después de un largo rato dando vueltas y revueltas, subiendo por unas escalinatas, bajando por otras y pasando por muchos corredores, llegaron ante una puerta que estaba al final de un estrecho pasillo.

Jacobo entró primero.

—Espero que la habitación sea de su agrado —dijo encendiendo las cuatro velas de un candelabro más pequeño que estaba en el alféizar de la ventana.

Era un dormitorio grande, y lo parecía más aún por los pocos muebles que tenía: una cama estrecha, un armario, un espejo y un aguamanil con un jarro lleno de agua, una palangana y dos toallas de lino de color blanco amarillento. Sobre una silla había una bandeja de estaño con diversos trozos de queso.

La única ventana de la habitación tenía los postigos cerrados y no se veía el exterior.

—Buenas noches —dijo Jacobo saliendo de la estancia—. Todavía me queda mucho por hacer esta noche. Acomódese y descanse. Volveré más tarde.

—Pero... —se extrañó Leonardo al ver que el jorobado se marchaba—. Espere, por favor. Necesito que me aclare algunas cosas que no entiendo.

El extraño cochero se fue simulando no haber oído.

El leñador salió al pasillo. Vio a cierta distancia el candelabro de Jacobo. Fue tras él. El jorobado iba muy deprisa. Pronto lo perdió de vista. El resplandor había desaparecido por uno de los ángulos del corredor. En los pasillos estaba todo a oscuras.

Leonardo intentó alcanzarlo con la voz:

—Señor Jacobo, quisiera saber si el dueño del palacio tardará mucho en recibirme.

Las palabras de Leonardo se perdieron en la negrura. Comprendió que era inútil seguir insistiendo. A su alrededor había un silencio tan grande como el que había en todo el palacio y en el valle entero.

13

CIEN VOCES QUE LLAMAN

Leonardo necesitaba encontrar a Jacobo, pero no podía buscarlo a oscuras. Retrocedió, cogió el candelabro de las cuatro velas y volvió a avanzar deprisa por los pasillos.

Llegó a un corredor más amplio. A ambos lados aparecían y desaparecían las puertas y las estatuas, como había ocurrido antes.

La soledad del palacio era inquietante. Y aquel silencio encogía el ánimo. Leonardo necesitaba tranquilizarse. Dijo unas palabras despacio, en voz alta, para que el sonido de su voz le hiciese compañía:

—¡Qué solo y silencioso está este palacio!

Su voz recorrió pasillos, salones y patios y despertó pequeños ecos por todas partes.

El edificio parecía estar lleno de voces que repetían «¡Qué solo y silencioso está este palacio!». Era una sensación sobrecogedora.

Leonardo no cabía en sí de intranquilidad. Aquel ambiente lo estaba empezando a asustar.

—¡Señor Jacobo, por favor! Dígame dónde está, se lo ruego —pidió con voz sonora.

Los ecos se oyeron de nuevo. Formaban un coro extraño. Todos llamaban a Jacobo. Pero el misterioso jorobado no respondía.

En la soledad de los bosques Leonardo no había sabido nunca qué era el miedo, pero aquella noche lo estaba descubriendo de verdad.

Iba veloz por los pasillos, pasaba de uno a otro, doblaba a derecha y a izquierda. Unas veces tenía que subir peldaños, otras los bajaba.

Ya que no encontraba al jorobado, se propuso llegar hasta la puerta de entrada del palacio.

«Por lo menos, respirar un poco de aire fresco», se decía. «Aquí huele a cerrado.»

Pero por muchas vueltas que dio, por mucho que lo intentó, no pudo encontrar la puerta. Y tampoco sabía ya cómo volver a su habitación. Se había perdido. Ni siquiera podría recuperar la semilla florecida.

Le entró angustia. Ahora el edificio le parecía un laberinto. La mano que sostenía el candelabro le temblaba un poco.

Entonces vio que las velas se habían consumido hasta casi la mitad. Al ir tan deprisa, el roce con el aire había avivado las llamas y la cera se había gastado con más rapidez.

«Si las velas se me acaban estaré aún más perdido», pensó alarmándose. «A ciegas no podré llegar a ningún sitio.»

Tuvo una idea y la puso en práctica enseguida. Sopló tres veces con cuidado y apagó tres velas. Dejó encendida sólo una.

Cuando aquélla estuviera a punto de terminarse, encendería la segunda, y luego haría lo mismo con las otras dos.

«Así tendré luz por más tiempo», pensó aliviado.

Pero una sola vela iluminaba mucho menos que cuatro a la vez. El candelabro daba ahora una luz escasa y triste.

«Hice mal al creer lo que me dijo el jorobado. A saber por qué me trajo aquí», pensaba, lleno de sospechas y temores.

Entonces se oyó un gran golpe que retumbó por todo el edificio. Leonardo se pegó a uno de los muros y contuvo la respiración.

El golpe y sus cien ecos atravesaron todos los silencios.

14

Focio, Caterio y Zenón
se ponen en camino

Al anochecer de aquel mismo día, los codiciosos leñadores Focio, Caterio y Zenón se habían llevado un buen chasco.

Tal como tenían planeado, llegaron sin hacer ruido a la cabaña de Leonardo para cogerlo por sorpresa entre los tres y atarlo a un árbol.

Al ver que Leonardo no estaba allí se extrañaron mucho.

—¡Qué raro! —dijo Focio, buscando una explicación—. Él está siempre de regreso antes de que oscurezca, conozco sus costumbres.

Caterio sugirió:

—¿Y si se ha escondido para que no le atrapemos?

—Eso —añadió Zenón mirando hacia arriba con desconfianza—. Igual se ha subido a un árbol y nos está viendo, y se ríe de nosotros.

Focio miró a los otros dos con desprecio y les dijo:

—No seáis bobos. Él no sabía que íbamos a venir esta noche. ¿O se lo dijisteis vosotros?

—¡Claro que no! —se indignó Caterio.

—¿Cómo puedes pensar eso? —protestó, dolido, Zenón.

—Entonces, ¿por qué iba a esconderse, si no sabía que veníamos a por él?

—No, ya... —cedió Caterio, admitiendo a regañadientes su estupidez.

—Pues, entonces ¿por qué no está aquí? —inquirió Zenón con suspicacia.

—Eso es lo que tenemos que averiguar —concretó Focio.

En aquel momento se oyeron unos ruidos. No venían de muy lejos.

—Cuidado —dijo Caterio en voz baja—. Alguien anda por ahí.

—¿Será él? —preguntó Zenón.

—Chist, silencio —impuso Focio—. Escondámonos y lo sabremos.

Se agacharon tras unos matojos y zarzales. Enseguida vieron que se acercaba alguien que no tomaba precauciones ni hacía nada por ocultarse.

Los tres pensaron que se trataba de Leonardo que, por algún motivo, volvía más tarde que de costumbre.

El recién llegado se acercó a la cabaña y miró dentro a través de una ventana. Al no ver ninguna luz, dijo en voz alta:

—Leonardo, ¿estás ahí?

Aquella voz sacó de dudas a los tres leñadores. No era la de Leonardo.

Para no despertar sospechas, sólo Focio se dejó ver, mientras los otros seguían escondidos.

—¿Buscáis a Leonardo? —dijo Focio, como si acabara de llegar, mientras procuraba distinguir la cara del otro en la penumbra—. Yo también tengo algo que hablar con él. Pero, por lo que veo, me parece que no está.

El otro hombre se explicó:

—Como pasaba cerca, he venido a ver si Leonardo había regresado. Pero ya suponía que no lo encontraría.

—¿Por qué? —quiso saber Focio con mucho interés.

—Esta tarde lo vi en el mercado del valle.

—¿Seguro que estaba allí? —preguntó Focio con verdadera sorpresa—. Nunca va tan lejos.

—Y tan seguro. Lo vi con mis propios ojos.

Focio ya había reconocido a aquel hombre. Era un mendigo llamado Remigio. Iba de aldea en aldea pidiendo limosna. También acudía a los mercados y aprovechaba los restos de comida que los campesinos abandonaban al desmontar sus puestos.

—Pero lo más extraordinario fue lo que ocurrió después —continuó diciendo el mendigo.

—¿Qué pasó? —preguntó Focio.

—A primera hora de la tarde se presentó ese jorobado al que todos tienen miedo, el guardián del Palacio de los Tres Ojos. Pues bien, habló un poco con Leonardo y, al momento, lo invitó a subir a su carruaje.

—¿A Leonardo? —se sorprendió Focio—. ¿Por qué se fijó en alguien tan insignificante?

—No lo sé, pero lo cierto es que se lo llevó.

—¿Adónde?

—En el mercado comentaban que al Palacio de los Tres Ojos. A nadie se le ocurrió otro lugar al que pudieran ir.

Focio andaba entre dudas. Caterio y Zenón, en su escondrijo, casi no podían creer lo que estaban oyendo.

—En fin, espero que Leonardo me cuente algún día lo que ha visto en el Palacio Dormido, como muchos le llaman, si es que ha entrado allí y puede salir vivo —dijo Remigio—. Ahora prosigo mi camino. Que la noche os sea propicia.

En cuanto el mendigo se perdió en la oscuridad, Caterio y Zenón salieron de los zarzales. Estaban entusiasmados.

—¡Tenemos campo libre! —aseguró Caterio—. El bosque es nuestro. Si Leonardo ha entrado en el Palacio Dormido seguro que ya no vuelve.

—Claro que no —confirmó Zenón—. Con lo que se cuenta de ese lugar... Muchos dicen que los que entran allí no vuelven a salir jamás.

—¡Leonardo no podrá impedir que cortemos todos los árboles que nos dé la gana! —celebró Caterio.

—¡Y ni siquiera tendremos que molestarnos en atarlo y amordazarlo!

Focio no compartía aquella euforia. Estaba callado y pensativo. Los otros se dieron cuenta enseguida.

—¿Qué pasa? —le preguntó Caterio, temeroso de haber metido la pata otra vez—. ¿No tenemos razón?

—¿Por qué pones esa cara? —le preguntó Zenón, mientras el entusiasmo se le enfriaba un poco.

—Los árboles no se moverán de donde están. Pueden esperar —dijo Focio—. Creo que se nos presenta algo que puede ser más interesante.

—¿A qué te refieres? —preguntó Caterio, incapaz de adivinarlo.

—Eso, ¿de qué diablos estás hablando? —añadió Zenón, también desconcertado.

—Tiene que haber una razón para que el jorobado se haya fijado en alguien tan tonto y vulgar como Leonardo.

—Sí, pero ¿qué más nos da cuál sea esa razón? Peor para él. No volverá nunca a explicárnoslo. ¿O sí?

Focio les llevaba delantera. Sus pensamientos iban más lejos:

—Siempre se ha dicho que el Palacio de los Tres Ojos es un lugar al que es mejor ni acercarse. Todos lo hemos creído así. Pero, a veces, los rumores y las apariencias engañan.

—¿Qué sospechas? —se interesó Caterio, dispuesto a cambiar de opinión si hacía falta.

—Creo que el estúpido de Leonardo, sin querer, nos puede ayudar a encontrar allí dentro algo mucho más valioso que sus árboles —dijo Focio—. Pero tendremos que movernos deprisa.

—¿No estarás pensando en ir a ese sitio? —preguntó Zenón atemorizado.

—Pues, sí. En eso precisamente estoy pensando.

—No lo has dicho en serio, ¿verdad? —quiso creer Caterio.

—Y tan en serio. Presiento que allí hay algo interesante. Tenemos que ser los primeros en llegar para aprovecharnos. Nuestras manos tienen ya demasiados callos por culpa del roce de las hachas. Merecen algo mejor, ¿no os parece?

—Sí, tienes razón —reconoció Caterio—, pero no por eso vamos a meternos en algo peligroso.

—Tan peligroso no será —dijo Focio—. Con ir allí nada perdemos. Y, si la cosa se pone negra, nos vamos y en paz.

A Caterio y a Zenón no les hacía maldita la gracia ir al Palacio de los Tres Ojos.

En otras circunstancias nunca hubiesen hecho tal cosa. Pero no podían consentir que Focio fuese allí solo, encontrara algo de valor y se lo quedara todo para él. Esa idea les resultaba insoportable. Por eso se aguantaron el miedo.

—¿Vais a venir conmigo o no? —les preguntó Focio.

—¡Por supuesto que sí! —proclamó Caterio—. ¿No habrás pensado que te íbamos a dejar en la estacada?

—Eso. ¿Por quiénes nos has tomado? ¿Crees que van a temblarnos las piernas? —dijo Zenón, agradeciendo que la oscuridad ocultara que ya empezaban a temblarle.

—En marcha, pues —ordenó Focio—. Ya me gustaría estar allí.

Bajo unos espesos y altos matorrales ocultaron las cuerdas con que habían pensado atar a Leonardo.

El trío se puso enseguida en marcha hacia el valle del Silencio. Como si fuesen caballeros que nunca se separaban de su arma, cada uno llevaba al hombro su hacha.

15

A SOLAS EN EL PALACIO DORMIDO

El gran golpe que había resonado en todo el edificio asustó mucho a Leonardo.

Pero también le hizo reaccionar. Abrió una de las puertas del pasillo por donde caminaba. Entró en una habitación vacía. Fue a la ventana. Tenía los postigos cerrados, como todas las del edificio. Estaban sujetos con clavos de hierro.

Leonardo tiró con fuerza. Sus grandes manos de leñador le fueron muy útiles. Aunque se hizo daño en varios dedos, tiró hasta que consiguió abrir uno de los batientes.

Al mirar fuera vio que la habitación estaba a bastante altura. Allá abajo se veía una parte del valle del Silencio. La luna lo iluminaba suavemente.

Entonces Leonardo adivinó la causa del ruido que lo había sobresaltado: la gran puerta de entrada cerrándose de golpe.

Jacobo había salido del palacio. Era el causante del portazo. Se marchaba. Lo vio subiendo al pescante del carruaje. Los caballos seguían enganchados al vehículo. Se pusieron en movimiento, iban hacia el desfiladero de salida del valle. A los pocos momentos, el vehículo se desvaneció en la negrura.

«Se va y me deja encerrado, sin saber cómo salir ni qué estoy haciendo aquí», se dijo Leonardo, casi sin poder creerlo.

La ventana de aquella habitación se encontraba a demasiada altura. No podía ni pensar en escapar saltando por allí. Era la muerte segura.

Leonardo pensó deprisa:

«Si me oriento y desciendo varias plantas encontraré alguna ventana baja por la que podré saltar fuera sin hacerme daño.

Después me iré del valle antes de que regrese el jorobado, y nunca me volverá a encontrar».

De la vela con que se iluminaba ya no quedaba casi nada. Encendió la segunda. Después volvió al pasillo.

Fue entonces cuando le entró miedo de verdad.

Ese miedo que llena el corazón, oscurece el pensamiento, deja la boca seca y las manos con temblor.

Estaba oyendo unos pasos lentos, misteriosos, inquietantes.

No podía ser Jacobo: lo había visto alejarse montado en el carruaje.

Leonardo se alarmó aún más:

«Entonces es cierto que aquí dentro vive alguien a quien nadie ha visto en treinta años», pensó, con la boca cada vez más seca a causa del miedo. «Y, por lo que se ve, Jacobo se encarga de traerle...», buscó la palabra y al fin, con un estremecimiento, la encontró: «¡víctimas!».

Los pasos sonaban cada vez más cerca. Creaban ecos en todas partes.

Leonardo trataba de imaginar cómo sería el temible habitante del Palacio de los Tres Ojos.

Le venían a la mente horribles personajes que le costaba mucho alejar de su imaginación.

Con el vello de punta, pensó que estar allí, sin saber cómo salir, con aquel personaje de pesadilla al que oía caminar, era lo peor que podía haberle ocurrido en la vida.

«Sólo las piernas podrán salvarme», se dijo Leonardo echando a correr y protegiendo la llama de la vela con la mano para que no se le apagara cuando más la necesitaba.

Todo lo que quería era encontrar una ventana que se abriera a poca altura del suelo.

Después tendría todo el valle para seguir corriendo.

No recordaba que en una habitación del palacio había dejado la semilla. Sólo pensaba en huir.

Pero las dos flores amarillas seguían creciendo en la oscuridad. Y ya asomaba una tercera.

16

LUCRECIA, SALVADORA DE ANIMALES

Leonardo confiaba en sus piernas. Esperaba que lo llevarían volando por pasillos y escaleras hasta la salvación. No bajaba ni un momento la mano que protegía la llama de la vela.

Iba muy deprisa, pero no llegó muy lejos.

En uno de los corredores, empezó a abrirse despacio una puerta por la que salía algo de luz y una sombra alargada. Leonardo se detuvo. La tenía ante él, a poca distancia.

La sombra era de una mujer que apareció en el vano de la puerta. Sus ojos color ámbar parecían algo asustados. Llevaba en las manos una salamandra dormida. Con voz temerosa dijo:

—Señor Jacobo ¿es usted? He oído pasos.

Al verla, Leonardo se tranquilizó un poco y respondió:

—Me llamo Leonardo. Soy leñador. El señor Jacobo me ha traído aquí, pero se ha ido hace muy poco. Lo he visto desde una ventana.

La mujer observó la cara de Leonardo. La luz de la vela se la mostraba con bastante claridad. Le inspiró confianza. Por ello explicó:

—Pensaba que ese hombre andaba por aquí. Llevo mucho esperándolo.

—Si no hay inconveniente —dijo Leonardo—, me gustaría saber quién sois.

—No lo hay. Tenía ganas de hablar con alguien. Me llamo Lucrecia. No sé si habrá oído algo de mí, me conoce mucha gente. Recojo los animales heridos que encuentro y trato de curarlos. También procuro salvar crías abandonadas o en peligro. Muchos creen que no merece la pena hacer nada de eso.

Otros se ríen de mí. Algunos incluso dicen que estoy loca. Pero no les hago caso. Pocos seres hay más dignos de lástima que los animales heridos que no pueden curarse por sí mismos. Y cada vez que salvo a uno no hago más que devolverles el favor.

—¿Qué favor? —quiso saber Leonardo.

—Vayamos dentro y se lo explicaré —propuso ella mirando la salamandra dormida que llevaba en las manos—. Quiero que este animal siga durmiendo tranquilo.

Entraron en una habitación parecida a la de Leonardo. Dos velas ardían en un sencillo candelabro.

Lucrecia dejó la salamandra sobre la cama y dijo:

—Cuando yo tenía un poco más de un año, unos bandidos asaltaron la propiedad de mi padre y mataron a toda mi familia y a los criados.

—¡Dios mío! —exclamó Leonardo, conmovido.

—A mí me dejaron viva. Supongo que por evitarse la molestia de matarme. Y porque creerían que iba a morir de todos modos. Me quedé totalmente sola. Era una finca muy aislada, más allá de las montañas del norte. Podían pasar semanas, y hasta meses, sin que viniera nadie. Seguro que los asesinos estaban muy cansados y ya sólo pensaban en irse con todo lo que nos habían robado. Pero estoy viva porque unos animales me salvaron.

—¿Qué clase de animales?

—Las cigüeñas. Estaban con nosotros, como todos los años. Huyeron asustadas por lo que habían visto. Pero se llevaron algo. Y eso fue lo que me salvó.

—¿Qué se llevaron? —preguntó Leonardo, cada vez más interesado.

—Una de las servilletas que quedaron manchadas de sangre. Los asesinos se presentaron cuando mis padres comían. En la servilleta estaba bordado el blasón de mi familia. Las cigüeñas la dejaron caer en la plaza de una aldea. Quienes la recogieron vieron el escudo y las manchas de sangre y entraron en sospechas. Dos días más tarde, varios aldeanos acudieron a nuestra remota casa y me encontraron. Eso me salvó. Fue gracias a las cigüeñas. Por ello, cuando veo un animal herido o unas crías en peligro de morir, hago todo lo que puedo. Yo estuve tan indefensa como ellos.

—¿Esta salamandra es uno de los animales que ha salvado?

—No. La tengo por otro motivo. Por ella me encuentro aquí.

Leonardo recordó que estaban en aquel enigmático palacio. Escuchando a Lucrecia casi lo había olvidado.

—Un hombre misterioso vino a verme hace unos días. Me explicó que había oído hablar de mí y que por eso quería conocerme. Le conté algunas cosas de mi vida. Me escuchó con mucha atención, como nadie lo había hecho nunca. Luego me entregó esta salamandra y dijo que si conseguía que se durmiera tres noches en mis manos, mi vida cambiaría.

Leonardo pensó entonces en el hombre que le había regalado la semilla y se preguntó si sería la misma persona.

—Ayer vino a verme Jacobo, el hombre jorobado. Quiso saber si la salamandra se había dormido tres veces en mis manos. Le respondí: «Tres no, siete». Cada noche, mansamente, viene a mí y se queda tan dormida como ahora. Entonces, sin preguntarme nada más, Jacobo me invitó a subir en un carruaje y me trajo aquí. Me pidió que esperara sin impacientarme y me aseguró que pronto ocurriría algo muy importante.

En aquellos momentos se oyeron unos relinchos. Venían de fuera. Leonardo se acercó a la ventana. También estaba sujeta con clavos. Pero él ya tenía práctica. Aunque los dedos le dolían, tiró con toda la fuerza de sus manos. Los clavos no aguantaron mucho tiempo en su lugar.

Los dos miraron a través de la ventana.

El carruaje había vuelto.

Jacobo estaba abriendo una de las portezuelas del vehículo para que alguien descendiera.

17

INVITADOS DE HONOR

Del carruaje bajó un hombre de mediana estatura. Parecía bastante confuso y desorientado.

Miraba al palacio pero la oscuridad sólo le dejaba adivinarlo. Jacobo estaba unos pasos más atrás.

Lucrecia se apartó de la ventana y dijo:

—No aguanto más aquí esperando. Quiero saber quién es el hombre que ha llegado. Y le haré unas cuantas preguntas a Jacobo. Hay muchas cosas que no entiendo. No sé por qué estoy aquí. Sólo por dormir a la salamandra no puede ser. Tiene que haber algo más y voy a averiguarlo.

Leonardo advirtió:

—Yo intentaba llegar a la puerta de entrada, pero me he perdido. Nunca había estado en un edificio tan grandioso, pero no creo que haya muchos como éste. Cuentan que lo construyó un brujo, y me parece que es verdad. Los pasillos y escaleras forman una especie de laberinto. Nunca llegas a donde quieres ir, sino a otro sitio que no sabes cuál es ni dónde está.

—Lo intentaremos de nuevo —decidió Lucrecia—. Vamos.

Salieron al pasillo. Se alumbraban con la vela de Leonardo.

La salamandra siguió durmiendo apaciblemente sobre la cama.

—Tenemos que ir hacia la parte central y luego bajar —dijo ella.

—A veces bajas y luego tienes que subir. Otras, crees que vas hacia la derecha y estás yendo a la izquierda. Te mueves todo el rato a ciegas.

Llegaron a una angosta escalera que unía dos plantas. Por ella subía un resplandor.

—Viene de abajo —dijo Lucrecia—. Tenemos que saber de dónde sale.

Bajaron los peldaños. Luego, siguiendo la luz, avanzaron por un pasillo muy ancho que les llevó a un salón.

Los dos quedaron asombrados.

Era un gran comedor. Allí todo parecía estar preparado para una cena de gala.

La iluminación procedía de una enorme lámpara de hierro. Tenía setenta y siete velas, todas encendidas. Daban una luz vivísima.

La mesa estaba puesta para cinco personas. A juzgar por el lujo, debía de tratarse de gentes de mucha importancia.

Los platos eran de una porcelana tan fina que a través de ellos se veían los bordados del primoroso mantel.

Las copas eran de oro macizo y purísimo. Devolvían con fulgor la luz que les llegaba de la gran lámpara.

—¡Asombroso! —exclamó Leonardo—. Quién iba a decir que encontraríamos algo así en este palacio deshabitado.

—Nunca pensé que vería una mesa puesta

con tanta riqueza —murmuró Lucrecia, admirada.

Entonces oyeron rumor de pasos. Dos personas se acercaban. Jacobo y el hombre que había ido con él en el carruaje aparecieron en el gran comedor.

Se notaba que el recién llegado no era el misterioso señor del Palacio Dormido. Estaba tan sorprendido como Lucrecia y Leonardo.

Jacobo anunció:

—Esta noche, en este comedor, se les ofrecerá una cena a unos singulares personajes.

—¿Quiénes son? —preguntó Lucrecia, pensando que se trataba de unos invitados que iban a llegar al poco rato—. ¿Cuándo vendrán?

—No vendrán. Ya están aquí —precisó Jacobo y enseguida añadió, inclinando su cabeza ante los tres—: Son sus excelencias.

—¿Nosotros? —preguntó Leonardo como si aquello fuese un disparate o una gigantesca confusión. Que le llamaran excelencia era lo último que podía esperar.

Los otros dos se habían quedado sin habla. No hacían más que mirar los platos y las copas.

Jacobo salió silenciosamente del comedor.

Aunque Leonardo era incapaz de imaginar qué significaba todo aquello, ya no tenía miedo.

Un gran y misterioso señor los había reunido allí para ofrecerles una cena. Aunque hubiese habido una equivocación de personas, no podía ser alguien que quisiera tratarlos mal o hacerles daño.

Aunque seguía sin comprender nada, Leonardo respiró algo aliviado.

18

EL BARQUERO BERNARDO Y LAS TRES MONEDAS

Los tres siguieron admirando en silencio la magnífica vajilla y los centros de flores que adornaban la mesa.

El más asombrado era el hombre pobremente vestido que acababa de llegar. Como si hablara solo, murmuró:

—El caballero jorobado no ha querido explicarme nada, pero me ha asegurado varias veces que ésta va a ser una noche extraordinaria.

Lucrecia lo miró con mucha atención y le dijo:

—Yo le conozco. Usted es Bernardo, el barquero del gran río. Hace años me pasaba dos veces al día de una orilla a otra. ¿No se acuerda de mí?

El barquero se fijó en ella y respondió:

—Me parece que sí, pero no estoy muy seguro. Son tantas las personas que han subido a mi barca que no puedo recordar todas las caras.

—Da igual —dijo Lucrecia—. ¿Por qué ha venido aquí?

—Por las tres monedas que aparecieron en mi mano.

—¿Tres monedas? —repitió Leonardo.

—Sí. Una de cobre, una de plata y otra de oro. De un oro tan reluciente como el de estas copas. Las llevo encima.

Buscó con una mano debajo de su jubón. Luego enseñó las tres monedas que había nombrado.

—Aquí están. No son mías. Pero no sé a quién devolverlas. Me las encontré al despertar, en la mano. Una mañana, la de cobre. La siguiente, la de plata. Y la de oro apareció cuando abrí los ojos la tercera mañana. Ah, y luego se presentó un hombre misterioso.

—¿Cómo era? —preguntó enseguida Lucrecia, recordando al caballero que le había confiado la salamandra.

—Casi no le vi la cara. Llegó de noche. Dijo que quería hablar conmigo. Me hizo preguntas sobre mis años de barquero. Pensé que era él quien había puesto las tres monedas en mi mano. Así se lo di a entender. Yo sólo tenía la intención de devolverlas. Nunca le he cobrado a nadie más de una moneda de hierro por cruzar el río. Las de cobre, plata y oro creo que no se hicieron para mí.

—Y él, ¿qué respondió?

—No aclaró nada, pero me anunció que pronto podría devolver las monedas y que entonces mi vida cambiaría.

«Muy parecido a lo que me dijo el caballero que me entregó la semilla», pensó Leonardo.

—Y ayer se presentó Jacobo. Dijo que me acompañaría a un lugar donde podría devolver las tres monedas a su dueño. Pero me dejó en una choza que está cerca de aquí. Allí he pasado la noche y todo el día de hoy, esperando. Y ahora, hace un rato, Jacobo ha venido por fin a buscarme. Y aquí estoy. Pero debo volver cuanto antes al río. Es la primera vez en cuarenta y tres años que he dejado abandonado mi puesto de barquero. ¿A quién tengo que entregar las monedas para verme libre de ellas? ¿A ti? —preguntó mirando a Lucrecia con sus ojos grises.

—A mí, no. Yo estoy aquí porque he conseguido que una salamandra se duerma cada noche en mis manos.

Bernardo puso cara de no haber comprendido, pero se dirigió a Leonardo.

—¿He de dártelas a ti? —le preguntó, ofreciéndoselas.

—Yo no soy más que un leñador. No son mías, no puedo cogerlas. Aunque no me vendrían mal. Un recaudador de tributos del rey me amenazó porque no le pagué unas deudas de las que yo no nada sabía.

—¿Un recaudador del rey te amenazó? ¿Cuándo? —preguntó el barquero.

—Ayer.

—¿Ayer? Te engañó. Ese hombre no tenía ningún derecho a hablar en nombre del rey.

—¿Por qué no?

—Porque el rey Adriano murió hace tres días. Se ha mantenido en secreto, pero unos pocos lo saben. Un barquero oye muchas cosas. Algunos quieren aprovecharse de la situación. Ese hombre era un bandido o un impostor. Lo más seguro es que no vuelvas a verlo más. Pronto se conocerá que el rey ha muerto.

Lucrecia, al oír aquello, se retorció las manos y dijo:

—El rey Adriano no tenía hijos ni parientes. Ha dejado el trono vacío. Habrá luchas sangrientas. Muchos duques y barones querrán apoderarse de la corona. Vienen malos tiempos.

Jacobo, el jorobado, había subido al torreón más alto del palacio.

Pronto se empezaron a oír las campanadas. Lentas, solemnes, poderosas. Llenaban todo el valle del Silencio y resonaban más allá de las montañas.

Jacobo estaba emocionado. Al fin, había llegado la gran noche.

19

JACOBO, EL JOROBADO, DEJA DE EXISTIR

En el gran comedor vibraron majestuosamente las campanadas.

Leonardo, Lucrecia y Bernardo no se atrevían a pronunciar ni una palabra.

Una puerta disimulada entre dos tapices se abrió cerca de ellos.

Apareció un hombre vestido de peregrino. Una amplia capucha le ocultaba casi toda la cara.

Lucrecia y Leonardo retrocedieron dos pasos. Bernardo se quedó clavado en el sitio.

De la capucha surgió una voz amable:

—Les ruego que ocupen sus lugares.

A cada uno le indicó su asiento en la mesa, a derecha o a izquierda, y él se situó en la cabecera. Sólo quedó una silla libre.

Las campanadas cesaron en aquel momento. El silencio volvió con mayor solemnidad que antes.

El personaje vestido de peregrino se bajó la capucha y dejó su rostro al descubierto. Era un hombre de aire todavía joven.

En su rostro había huellas de muchos soles y mares, y en su mirada restos de muy diversas lunas y de largas noches pasadas contemplando los astros.

Leonardo y Lucrecia lo reconocieron enseguida.

Bernardo había hablado con él a oscuras. Dudó hasta que oyó su voz.

—Ante todo os he de pedir perdón por las dudas y la inquietud que os he causado. Pero tenía que ocultarme y mantener el secreto hasta el último momento. Era absolutamente necesario. Pronto sabréis cuál.

El hombre vestido de peregrino se levantó y fue a uno de los enormes ventanales. No estaba sujeto con clavos, pero le quedaban señales de haberlos tenido. Lo abrió de par en par. El frescor y los aromas del valle entraron en el salón. El hombre estuvo unos momentos mirando fuera, a lo lejos. Luego volvió con sus invitados.

—Quería reunir aquí esta noche a tres personas fuera de lo común. Jacobo me había hablado de vosotros. Cuando conocí a Leonardo pensé que era una de las personas que necesitaba. La semilla de las flores amarillas ha demostrado que estaba en lo cierto. Sólo podía germinar fuera de la tierra y el agua si la tenía alguien único.

Leonardo había escuchado aquello casi sin poder creer que aquel hombre misterioso estaba hablando de él.

El señor del palacio se refirió después a Lucrecia:

—Jacobo me dijo que ella era otra de las personas que yo buscaba. Me convencí muy pronto de que tenía razón. Aun así, le entregué la salamandra. El resultado fue maravilloso. Sólo en manos de alguien tan capaz de ayudar y tranquilizar a los animales se hubiese dormido confiada desde la primera noche.

Bernardo, el barquero, esperaba que aquel hombre dijera algo de él. Aún no comprendía por qué había sido escogido para estar allí.

Sus dudas se resolvieron enseguida:

—Después le pregunté a Jacobo si conocía a alguien que estuviese día y noche, todos los días y noches del año, año tras año, siempre, dispuesto a hacer algo útil para los demás. Me habló de varias personas, pero, sobre todo, de Bernardo.

La opinión de Jacobo estaba más que justificada. Bernardo estaba en todo momento preparado para pasar de una a otra orilla del gran río a quien se lo pidiera, pudiera o no pagarle. No le importaba la hora, aunque fuese en lo profundo de la noche, o lloviera o nevara, o hiciese un frío glacial o un calor abrasador. Nunca se negaba. Siempre lo hacía sin quejarse.

No había ningún puente en aquella parte del río, ni ningún otro barquero. Por eso su trabajo era tan necesario.

Bernardo usaba dos pequeñas chozas, una en cada orilla. Así, tanto si estaba en la ribera derecha como en la izquierda, tenía donde refugiarse.

El señor del Palacio de los Tres Ojos siguió explicando:

—Fui a conocer a Bernardo. Llegué ya muy de noche. Él dormía profundamente en la choza de la orilla izquierda. Sin apenas levantar la voz, le dije: «Por favor, necesito cruzar el río ahora».

—¿Sí? —lo interrumpió Bernardo, buscando en su memoria—. Pues yo no me acuerdo.

—Claro que no, porque ocurrió algo prodigioso. Sin despertarse en ningún momento, Bernardo se levantó de su cama, se puso de pie, salió de la choza, fue al pequeño embarcadero, desamarró la barca, cogió los remos y me llevó a la otra orilla. Todo ello con los párpados cerrados, totalmente dormido.

Bernardo tenía cara de pasmo. Lucrecia y Leonardo estaban en vilo. El relato de los hechos continuó:

—Esa noche puse la moneda de cobre en su mano dormida. Y en las dos siguientes el mismo hecho se repitió. Por eso él encontró la moneda de plata y la moneda de oro al despertar. Ya no había duda. No creo que haya otra persona en el reino capaz de dedicar su esfuerzo a los demás de esa manera.

—¿Y todo eso lo hice dormido? —preguntó Bernardo, para convencerse de lo ocurrido.

—Te pedí las tres veces que me llevaras a la otra orilla con un especial tono de voz que llega directamente al corazón de los que están dormidos. Una parte de ti lo oyó y no pensó más que en atenderme. No había duda: eras la tercera de las personas que necesitaba.

—¿Y para qué nos necesitaba, señor? —se atrevió a preguntar Leonardo—. Aún no he podido adivinarlo.

—Para que todos mis actos y decisiones estén guiados por la compasión, la bondad y la honradez. Vuestro ejemplo y vuestro consejo me ayudarán a conseguirlo.

Entonces oyeron entrar a Jacobo. Los cuatro se volvieron a mirarlo.

No era el de antes. En su persona se habían producido algunos cambios.

Parecía bastante más alto.

Andaba de manera más elegante.

Y lo más inesperado era que ya no tenía la joroba en su espalda.

Jacobo, el jorobado, había dejado de existir. Ya no necesitaba el disfraz de la joroba.

Podía aparecer con su verdadera personalidad: Jacobo, el Consejero, servidor de dos reyes. Anunció:

—La cena va a comenzar.

Dicho aquello, desapareció y volvió a entrar varias veces con bandejas en las que había vinos aromáticos y unos manjares muy sabrosos.

Jacobo ocupó luego su lugar en la mesa. El quinto asiento era para él. Tan merecido como el de los demás.

El señor del Palacio Dormido levantó su copa y aseguró:

—Esta va a ser una noche inolvidable.

20

La procesión de las tres mil antorchas

Focio, Caterio y Zenón llegaron al valle del Silencio por caminos de montaña. Así pudieron evitarse varias horas de marcha.

Iban montados en unas flacas mulas que habían comprado a precio barato a un arriero que encontraron de camino.

—Mirad, ahí abajo está el Palacio Dormido —les dijo Focio a los otros, desde la cima de uno de los montes que rodeaban el valle—. Al fin hemos llegado.

—Fijaos —alertó Caterio—: por una de las ventanas sale luz.

—¿No estará ahí ese desgraciado de Leonardo, instalado a sus anchas, verdad? —preguntó Zenón, envidioso como de costumbre.

Focio no oyó aquellas palabras. Su mirada y su atención estaban en otro lugar.

—No sólo se ve luz en un ventanal del palacio —dijo—. Hay una claridad más allá, donde está el desfiladero de entrada al valle. ¿La veis?

—Pues, ahora que lo dices... sí que lo parece —reconoció Caterio.

—Sí, sí, sí, es verdad —proclamó Zenón, como si hiciera un gran descubrimiento.

—¿Qué puede ser? —preguntó Caterio, incapaz de responder a lo que preguntaba.

Focio dio la explicación más lógica:

—Un enorme grupo de personas que llevan luces está llegando al valle por el desfiladero.

Los otros dos pusieron mala cara.

—¿No tendrá esto que ver con los toques de campana que hemos oído hace un rato? —sugirió Caterio.

—Puede que sí, puede que no —repuso Focio.

—¿Y quién será esa gente? —preguntó Zenón, receloso.

—Una pregunta muy acertada. Es estupendo que se te haya ocurrido —ironizó Focio, sin que Zenón se diera cuenta de la sorna.

—Eso digo yo —se apuntó Caterio enseguida—. ¿Quiénes pueden ser?

Focio, que no tenía ni la menor idea, prometió burlón:

—Al que lo acierte le regalo mi mula —y se lanzó pendiente abajo, tan deprisa como la oscuridad lo permitía.

Focio, Caterio y Zenón no habían visto visiones.

Un gran río de luz se deslizaba por el desfiladero hacia el valle del Silencio.

Una corriente luminosa formada por más de tres mil antorchas.

La larga procesión avanzaba sin que se oyera ni una sola voz.

Iban en cabeza tres cardenales, siete arzobispos y catorce obispos, además de docenas de monjas, religiosos y novicios.

Pero la mayor parte eran campesinos, lavanderas, herreros, hilanderas, toneleros, pastores, juglares, cocineras, carpinteros y otras muchas gentes del pueblo.

También había soldados, pero no iban en formación militar, sino que caminaban mezclados con todos los demás.

Desde el ventanal abierto en el comedor de gala del palacio, Leonardo, Lucrecia y Bernardo contemplaban impresionados la entrada de la luminosa comitiva en el valle del Silencio.

Jacobo le preguntó al hombre vestido de peregrino:

—¿Abro ya la puerta de palacio, señor?

—Sí, ya es hora. Con el fin de que haya espacio para todos, los recibiremos en el gran patio central.

La puerta del Palacio Dormido fue tragando con lentitud la larga comitiva de luces y personas.

Focio, Caterio y Zenón dejaron sus hachas y sus mulas escondidas en un bosquecillo cercano. Luego, sin llamar la atención, se metieron en la procesión de las antorchas. Nadie les puso ningún reparo.

El gran patio central se llenó por completo. Sólo quedó un círculo amplio en el centro.

Los más ancianos ocuparon unos bancos de madera situados en primer término. Todos los demás estaban de pie. Pero no echaban de menos un asiento. La emoción los sostenía mejor que cualquier mueble.

Las más de tres mil antorchas daban una luz tan viva que, en vez de medianoche, parecía que fuese mediodía.

21

GRAN CEREMONIA A MEDIANOCHE

El solemne acto no empezó hasta que el último de los caminantes hubo entrado en el patio central.

El más anciano de los cardenales se puso de pie y tomó la palabra:

—Tras la muerte del buen rey Adriano I, que desde la Gloria nos contempla, estamos aquí reunidos para coronar al nuevo rey según las normas de la Tradición.

Leonardo notó un relámpago de emoción que le subía por la espalda. Nunca había pensado que asistiría a la coronación de un rey. Lucrecia y Bernardo se miraron preguntándose si habían oído bien. Focio, Caterio y Zenón estaban boquiabiertos y desconcertados.

—Como se ha venido haciendo en los últimos siglos —continuó el viejo cardenal—, el heredero de la corona mostrará ahora si tiene la señal de nacimiento que distingue a los de su familia.

El hombre vestido de peregrino avanzó tres pasos y enseñó su hombro derecho desnudo.

Tres obispos se acercaron y vieron que tenía una mancha oscura en forma de trébol.

—Ahora se hará la prueba de la frotación hasta la sangre —indicó el cardenal.

Uno de los monjes se acercó al futuro rey y le restregó enérgicamente el hombro con un paño áspero. Aquella tela había sido mojada con un líquido capaz de borrar toda tintura o maquillaje.

Pero el monje frotó largo rato la mancha en forma de trébol sin que desapareciera ni perdiese color. Al final salieron pequeñas gotas de sangre de la piel lastimada.

El cardenal proclamó:

—Se confirma que la mancha es auténtica, parte de la misma piel, y no una imitación. Por tanto sabemos que el hombre que ha pasado la prueba es Enrique, el sobrino y único pariente vivo del fallecido rey Adriano I. Hasta hace muy pocos días, todos creíamos que Enrique había muerto de niño, en un país lejano, a causa de unas fiebres. Pero no era así. Ahora, el arzobispo mayor revelará la parte final del testamento del rey Adriano. En ella se aclara todo.

El arzobispo nombrado se adelantó y empezó a leer. Fue como si el mismo rey fallecido hablara:

«Todo gobernante tiene que pensar en los males y desgracias que pueden venir, y debe hacer todo lo posible para evitar que ocurran.

Como yo no podía tener hijos, sabía que después de mi muerte varias familias nobles lucharían entre ellas sin piedad para apoderarse del trono. Sangre y sufrimiento para todos y dolor y lágrimas en el reino por largo tiempo.

A mí no se atreverían a asesinarme. Hubiese sido demasiado peligroso para ellos. La justicia del emperador es implacable con los que dan muerte a un rey. Pero no habrían dudado en hacer desaparecer a un niño, a mi querido sobrino Enrique, simulando un desdichado accidente. Él era un gran obstáculo para sus futuros planes.

Por ello, para que se olvidaran de él para siempre, hice creer a todos que había muerto, a los ocho años, en un lejano país al que había ido, por deseo mío, para que aprendiera otras lenguas desde niño.

Pero seguía vivo. Y bajo mi secreta protección ha recorrido varios países todos estos años, aprendiendo las artes de vivir, reinar y gobernar.

Ahora, cuando escribo esto, estoy enfermo. Soy ya muy viejo. Mi existencia llega a su final.

Enrique volverá muy pronto, sin que lo sospeche nadie, bajo el mayor secreto. Se ocultará en el Palacio Dormido del valle del Silencio. Su fama de lugar hechizado y tenebroso lo protegerá.

El caballero Jacobo trabaja para mí desde hace muchos años. Será la mano derecha de Enrique hasta el día de su coronación, y espero que después también. Es un hombre muy hábil y capaz, y de una gran fidelidad. Bendito sea.»

Acabada la lectura pública del final del testamento, el cardenal más anciano tomó de nuevo la palabra y dijo:

—Ya sólo falta que el nuevo rey reciba la corona de manos del más joven de los novicios, como señal de esperanza en el futuro.

Un muchacho muy joven, casi un niño, vestido con un humilde sayal, se acercó a Enrique. Llevaba entre las manos, con mucho cuidado, la corona del reino.

Enrique se arrodilló para que el muchacho le impusiera la corona. Cuando el nuevo rey la recibió, todos levantaron las antorchas. El mar de llamas le dio un fulgor incomparable a aquel solemne momento. El trono volvía a tener un legítimo ocupante.

Ya con la corona brillando en su cabeza, el nuevo rey pronunció sus primeras palabras:

—He recibido la corona, de acuerdo con la ley, por razones de sangre y de familia. De ahora en adelante, espero merecerla día a día por los hechos de mi reinado. A ello dedicaré mi vida.

Había un impresionante silencio en todo el patio.

Enrique continuó:

—Anunciaré ahora mis primeros nombramientos. El caballero Jacobo, que tanto ha ayudado a preparar mi regreso, y que hasta hizo el papel de jorobado para mejor guardar el misterio de este palacio, será mi consejero personal de ahora en adelante.

Hubo murmullos de sorpresa y aprobación. El rey continuó:

—Tres sencillas y grandes personas que están también aquí serán mis ministros-consejeros especiales. Me refiero a Leonardo, el hombre que más ama y respeta a los árboles en todo el mundo; a Lucrecia, una mujer a la que los animales salvaron y a los que ella ha salvado muchísimas veces, y a Bernardo, el barquero del gran río, que ofrece su esfuerzo a los demás incluso cuando está dormido. Ellos me ayudarán en todas mis decisiones. No tomaré ninguna sin escuchar antes sus voces.

Cuando Focio oyó que Leonardo, a quien aborrecía y despreciaba, iba a ser ministro del rey, tuvo tal disgusto que se quedó temblando y casi se desmayó.

A Caterio estuvo a punto de cortársele la respiración.

Y a Zenón se le puso la cara roja de envidia y furor.

Pero Leonardo pensaba, agobiado:

«¿Cómo podré, pobre de mí, ayudar al rey en sus decisiones, si sólo sé de árboles y bosques?».

Lucrecia, también estaba llena de preocupación.

«¿Cómo me las arreglaré para decirle al rey qué tiene que hacer si sólo sé curar animales y salvar crías abandonadas?»

A Bernardo tampoco le faltaban temores:

«El rey tendrá una gran decepción. ¿Qué podré decirle yo, si no he hecho en la vida más que llevar de una orilla a otra a todos los que querían pasar el río?».

Con sus siguientes palabras, Enrique aclaró sus intenciones:

—Me niego a ser un rey, como tantos ha habido, que sólo escucharon la voz de su orgullo y su ambición, y se rodearon de ministros despiadados y codiciosos. Yo quiero que el dulce peso de la bondad y la compasión influya en todos mis actos, leyes y sentencias, y que la claridad de espíritu y el deseo de favorecer a mis súbditos nunca me abandonen. Teniendo conmigo a las cuatro excelentes personas que he nombrado me será más fácil conseguirlo.

El cardenal más anciano culminó la sesión manifestando:

—¡Queda proclamado rey, y reinará con el nombre de Enrique I el Peregrino, el sobrino y único heredero el rey Adriano I, que desde la Gloria ha inspirado este solemne acto!

Las gargantas de todos los presentes se desataron al fin. Hubo vivas, alegrías, abrazos y cantos.

Epílogo

Tres ojos para la leyenda

Y así fue como el rey Enrique I el Peregrino tuvo entre sus ministros a Leonardo, que se consideraba la más pobre y humilde de las personas; a Lucrecia, de la que tantos se reían y burlaban, y a Bernardo, que decía que los remos de la barca eran la continuación de sus brazos, y que hasta cuando dormía estaba a disposición de los demás.

Mientras los tuvo a su lado, Enrique I nunca tomó una decisión sin saber antes qué pensaban. Sus opiniones estaban siempre llenas de la nobleza y la generosidad de las personas que ven el mundo y la vida con la mirada limpia.

La semilla de las flores amarillas fue plantada en el patio central del Palacio de los Tres Ojos. De ella nació un árbol de gran belleza, jamás visto en aquellas tierras. Atraía como ninguno a los pájaros y daba cada año cientos y cientos de flores amarillas, hermanas de las que Leonardo había hecho brotar mientras soñaba.

Los árboles del bosque de Leonardo fueron declarados árboles reales. Quedaron protegidos para siempre y la ley prohibió cortarlos o causarles cualquier daño.

Focio, Caterio y Zenón tuvieron que irse muy lejos para seguir con lo suyo. Se marcharon refunfuñando, echándole la culpa de sus males a Leonardo, enfadados, discutiendo y peleándose.

A los feriantes que habían humillado a Leonardo les entró miedo y se presentaron ante él para pedirle que los perdonara.

Leonardo, que ya no se acordaba de lo sucedido, pensó que no volverían a hacerle lo mismo a nadie más y les dijo que todo quedaba olvidado.

Del falso recaudador de tributos que lo había amenazado tan ferozmente no volvió a saberse nada.

Lucrecia no abandonó a los animales y siguió protegiendo a todos los que encontraba malheridos, y a los que le traían para que los curara.

Gracias a ella, el rey dictó leyes que obligaban al cuidado y respeto de muchos animales. Y las cigüeñas, salvadoras de Lucrecia cuando era niña, fueron declaradas aves protegidas por la corona.

La salamandra que le había entregado el rey Enrique se convirtió en su compañera permanente y continuó durmiéndose cada noche en sus manos.

Pero Bernardo estaba preocupado. No podía olvidar a los que necesitaban pasar el río. Él vivía, como Leonardo y Lucrecia, en el Palacio Real. Ya no estaba en el lugar de siempre con su barca.

Se cubrió su ausencia con otro barquero. Pero la gente echaba de menos a Bernardo.

Para contentar a todos, el rey mandó construir un magnífico puente en aquel sitio. Así todos podían pasar el río, en cualquier momento del día o de la noche, como en los tiempos memorables del barquero Bernardo, que luego fue ministro del rey.

A Leonardo le había quedado una pregunta sin responder y no dejaba de darle vueltas.

«¿Cómo supo Jacobo que yo estaba en el mercado?»

Para salir de dudas, lo mejor era preguntárselo. Y eso fue lo que hizo.

Jacobo se lo aclaró enseguida.

—Yo no fui allí a buscarte, Leonardo. No sabía que te encontraría en el mercado. Si te acuerdas, me presenté con un pañuelo amarillo en la mano derecha. Era una señal secreta. Varias personas que estaban allí la esperaban. Quería decir que esa noche tendría lugar la coronación del rey Enrique en el Palacio de los Tres Ojos. Por eso se formó la gran procesión de las antorchas. Pero fue una gran suerte que estuvieras allí. Así pudiste asistir a la ceremonia y saber desde el primer momento que serías ministro-consejero.

El Palacio Dormido, o de los Tres Ojos, perdió pronto su fama tenebrosa. El rey Enrique lo convirtió en su residencia de verano.

Muchas personas se dieron cuenta aquellos días de algo revelador.

Leonardo tenía los ojos verdes, los de Bernardo eran grises y los de Lucrecia, color miel.

Eran precisamente los colores de los tres grandes ojos pintados hacía mucho tiempo en la puerta del palacio.

Cuando corrió la voz, ya nadie dudó que ellos eran las tres personas que primero debía honrar y escoger el nuevo rey.

No se trataba de una simple coincidencia.

Los tres ojos luminosos del palacio ya anunciaban su leyenda.

Leonardo, Lucrecia y Bernardo fueron admirados y recordados por muchísimo tiempo.

ÍNDICE

SI QUIERES SABER MÁS SOBRE ESTE TEMA,
NO TE PIERDAS LA INFORMACIÓN
QUE APARECE EN:

www.grupoeditorialluisvives.es/dossier

TÍTULOS PUBLICADOS

SERIE AZUL

1. *El Palacio de los Tres Ojos.* **Joan Manuel Gisbert**
2. *Las peleas de Inés y Paula.* **Patricia Wrightson**
3. *El canario de Brunei.* **Daniel Nesquens**
4. *Desde el corazón de la manzana.* **Juan Farias**
5. *Mi hermana es un poco bruja.* **Carlos Puerto**
6. *Malú y el marciano del ordenador.* **Blanca Álvarez**
7. *El niño que soñaba con ser héroe.* **Sylvain Trudel**
8. *Viejos amigos, nuevos amigos.* **Manuel L. Alonso**
9. *Renata toca el piano, estudia inglés y etc.*
   Ramón García Domínguez
10. *Con la música a otra parte.* **José Antonio del Cañizo**
11. *El gran problema del pequeño Marcos.* **Gilles Gauthier**
12. *La rosa del Kilimanjaro.* **Carlos Puerto**